Goldt & Henschel • **ERNTEDANKFÄSCHT**

19,80
3/98

Max Goldt & Gerhard Henschel

ERNTEDANKFÄSCHT

ÜBER »ERNTEDANKFÄSCHT« Es handelt sich um Worte und Bilder zum Liebhaben, Wohlfühlen und Nachdenken, aber auch zum Weitersagen. Wer sich in diese Gedichte versenkt, wird spüren, daß sich etwas in ihm verändert, und wer die dazugehörigen Fotografien betrachtet, dessen Pupillen werden sich weiten, bis sie groß sind wie stille Neptunteiche. In unserer hektischen, modernen Zeit ist »Erntedankfäscht« ein Labsal für die Sinne – gleichermaßen für Sehsinn, Frohsinn und Gemeinsinn.

Die letzten Sonnenblumen
sind bald verblüht.
Der sonnenreiche Sommer,
der in Kürze endgültig geht,
hat wunderschön leuchtende
Felder wachsen lassen.
Und eilig versuchen wir noch,
einen letzten Gruß der warmen Zeit
ins schon geheizte Zimmer zu holen.

Hedwig Bornscheuer

Du sagst: Ich möchte fortgehen.
Wir sagen: Komm doch erstmal an.

GENOVA NERVI
BIN
REG.
11.04
14

Die »Kids« von heute
tragen kostbare Fummel
und sagen: »Alles Banane.«

Hoffentlich rutschen sie nicht
auf der Schale aus,
in die sie sich geworfen haben.

Klage

Ihr habt uns nie einen Rosengarten
versprochen. Das ist wahr.
Ihr habt euer Versprechen nie
gegeben, nur – gebrochen…

Zweierlei Strahlen

Strahlend
zeigt dir ein Kind
sein Zeugnis.
Das Kind ist versetzt.

Strahlend
zeigt dir ein Kind
sein Gesundheitszeugnis.
Das Kind ist verstrahlt.

Ihr schreit: Laßt euch nicht BRDigen.
Wir flüstern zurück: Warum denn nicht?
Sollen wir vielleicht
im Rinnstein
verschimmeln?

Waren Sie heute schon auf unserem Dorfplatz in der 2. Etage ?

Reflexionen nach dem »Shopping«

Neues Hemd!
Neue Schuh'!
Neue Strümpf'!

Doch du selbst
bist immer noch
der oder die Alte.

Wo werden die Kinder spielen?

Wir bauen Flughäfen,
Autostraßen, Eisdielen.
Aber wo werden die Kinder spielen?
Etwa auf den Flughäfen und Straßen?
»Nein«, sagen die Kinder.
In den Eisdielen?
»Gern«, sagen die Kinder.

Bizepsumfang, Abi-Durchschnitt, Körbchengröße,
Intelligenzquotient, Schw…länge.
Schön und gut.
Aber der Mensch ist mehr
als die Summe seiner körperlichen
Eckdaten.
Erst die Seele macht ihn zu einer
runden Sache.

Ihr nennt es Bürgersteige.
Doch es sind Ewiggestrigensteige.

Kein Radweg weit und breit,
und im Verkehrsministerium
wiehert der Amtsschimmel.

Dort ist die Erfindung des Rades
noch nicht bekannt...

Volk der Dichter und Denker?

KNUD'S
SERVICE
STATION
ZUR
SCHRAUBE
RETTUNGSDIENST

Nähe ist cool,
wenn Ehe das Ziel ist.
Ehe ist cool,
wenn Nähe im Spiel ist.

Ein Widerspruch?
Nur für Machos und Kratzbürsten.

Koa Sünd gibt's auf der Alm,
nur Zigarettenqualm.
Wo einst's Fensterln uns erfreute,
rauchen jetzt die reichen Leute.

Marburg ’83:
Studentin liegt seit zwei Semestern
tot in ihrem Zimmer im Studentenheim.

Tübingen ’86:
Student liegt seit drei Semestern
vermodernd in seinem Zimmer im Studentenheim.

Göttingen ’88:
Studentin liegt seit vier Semestern
skelettiert in ihrem Zimmer im Studentenheim.

Man ahnt mit Gänsehaut,
wie’s weitergeht…

An einen Freund

Du verträgst nicht viel Alkohol,
aber können wir uns nicht trotzdem vertragen?
Wenn die Menschen *sich alle* vertrügen,
käme es nämlich nicht mehr darauf an,
wieviel Alkohol *der einzelne* verträgt.

Rat an einen HipPopp-Pimpf

Du gehst auf deine Raves,
wo zigtausende Rapper sich
im Kreis der Stroboskope drehen.
Du bewunderst die Tattoos der älteren Rapper
mehr als die Taten der Eltern.
Das sei dir gegönnt, Junge.
Doch bei allem Hit-Geschepper
mißacht' nicht das Kreischen der Elstern
weit draußen in der Stille
jenseits aller Wummer-Keller.

Was die Leute so sagen

Der hat Köpfchen, sagen die Leute.
Er ist ein Betonkopf.

Der hat's auf der Brust, sagen die Leute.
Er trägt ein Nesselhemd aus Beton.

Der steht mit beiden Beinen
in der Welt, sagen die Leute.
Aber seine Füße sind einbetoniert.

Es würde uns allen gut bekommen,
wenn die Beton-ung
weniger auf Beton
»läge«.

Junge Studentin

Dich hat die Liebe gemacht!
Aber ohne Trauschein
darfst du selbst keine Liebe machen,
erklärt die Vermieterin.
Herrenbesuch nur bis 19 Uhr!
Und wenn du dann Hand in Hand
mit deinem Verlobten
am Abendbrottisch sitzt
und ihr euer karges Margarinebrot eßt,
kommt die Vermieterin dauernd rein
und fragt mit einer brutzelnden Bratpfanne
in der Hand, ob sie noch was stopfen
oder bügeln soll.
Ach, hätten's doch die Menschen so leicht
wie Bienen, wie Fische, wie jeder.

Seufzer für eine bestimmte Schwalbe

Niedrig fliegst du,
niedliche Schwalbe,
um uns Menschen zu zeigen,
daß es bald regnen wird.

Aber Undank
ist der Welten Lohn!

Denn wie vergelten wir dir
deinen ornithologischen Wetterfroschdienst?
Wenn ein Kicker einen Elfer schindet,
sagen wir, das war eine Schwalbe,
und eine Bordsteinschwalbe
bezeichnen wir als älteste Gewerbetreibende
der Welt.

Seufz!

Der Tisch

Normalerweise sitzen da die Leute
aus unserer kleinen bayerischen Stadt.

Heute sitzen fremde junge Leute
aus Dortmund dort. Am Tisch.

Ihr »Outfit« ist vielleicht etwas »abenteuerlich«
für unsere kleine bayerische Stadt.

Aber muß der Wirt so kucken,
als kämen sie von einem anderen Stern?

's reichte doch wohl, wenn er so kuckte,
als kämen sie aus einem anderen Bundesland.

PEPSI

Moddersproak

De jünge Lü,
se sprisch nur no wie
de blondgefuurbte Video-Deerns in
Denver un' Dallas,
wie Céline Dion und de Callas.
Sie könne koa Württembergisch mehr
schwätze,
aber de Möddersprua ch ist net zu
ersetze.
Wer kann dann hüt noch Plattdütsch
snacken
und Hohenlohische Weckli backen?
Hüt schnackt se oll wie im Sexfilm.
Nü süllt'n bi us die Alarmglöcksche
schrill'n,
weil alle nur noch Englisch räppe
und Heematsproak in Orkus schleppe,
so dat de Seele nicht mehr babbeln
darf.
Uff gud säggsisch gesogt: Mer wer
bestroaf
mit neudeutschem
Anglizismenjewimmle.
An Mulde un' Ruwer tut's Broochtum
vaschimmle.
In Dräasdn heert ma nur türkisch keife
un' sisch uff griechischet Fettfleesch
versteife.
Niemand sagt mehr:
Oachkatzerlschwoaf.
Derlei dünne ma nüt nähm in Koaf.
Joo, jau, nää, noi, das sei unsere Rede.
Schwedisch spricht ein jeder Schwede,
d'Cindy Crawford is schee, doch se
ko nät berlinern,
sollse doch d'kalifornische
Hochglanzmoggasin wienern.
Erinnert eusch an de Turmbau zu Bobel
und sprescht su, wie üsch is gewochse
der Schnobel!

600 m rechts
Blumen-
selbstpflücke

Reklame

Männer wie wir - Wicküler Bier,
plärrt die schrille Reklame in die Republik.
Wir definieren Mannsein anders:
durch Sanftmut,
verzeihen können,
sich annehmen können,
Vertrauen usw.,
vorm Spiegel auch mal heimlich
das Frotteezeug der Freundin anprobieren.

Aber nicht durch Bier!

Disteln streicheln

Disteln streicheln,
das kommt dir absurd vor,
wie einer dieser zynisch-frivolen
Kalauer von Lichtenberg,
den du ansonsten sehr verehrst.

Aber bist du nicht auch manchmal stachelig?
Hast du nicht auch das Gefühl,
du wüchsest unbeachtet auf einem Magerrasen?

Auch Disteln wollen gestreichelt werden,
Disteln können vor Dank rot blühen wie Rosen.

Lichtenberg war Göttinger.
Doch er war nie im Göttinger
Café Cron & Lantz,
denn das gab's damals noch nicht.
Ohne Lichtenberg wäre Göttingen
nur ein zynisch-skurriler Haufen Bauschutt.

Doch auf dem Bauschutt wüchsen Disteln,
durch zartrosanes Blühen den Wunsch
nach Berührung deinerseits signalisierend.

China und Hier

Morgens: Reis.
Mittags: Reis.
Abends: Reis.
Fremdes Land.

Morgens: Nutella-Brot.
Mittags: Nutella Brot.
Abends: Nutella-Brot.
Vertrautes Land.

Morgens Reis: Respekt vor Reis.
Mittags Reis: Respekt vor Reis.
Abends Reis: Respekt vor Reis.

Morgens: Nutella-Brot
in den Schulhof-Mülleimer.
Mittags: Nutella-Brot
in den McDonalds-Mülleimer.
Abends: Nutella-Brot
in den Disco-Mülleimer.

Die einen sind voll Dank und schlank.
Die anderen sind dick und krank.

Kleine Kassiererin

Du hast dicke Finger,
kleine Kassiererin,
vom vielen Tippen
der endlosen
Zahlenkolonnen.
Komm doch heraus
aus deinem Supermarkt,
sieh ins Licht,
schau den Walnußbaum an,
lausche dem Lied der Lerchen,
steck die Füße ins Wasser
und fühle:
Hier ist alles umsonst!

Auf den Datenhighways
winken uns die Cyber-Pornolakaien
in die Führerhäuschen ihrer Daten-Brummis.
Hier gehen sogar die Codes auf den Strich.

Schöne neue Welt im Laufwerk
der CD-ROM-Gegenwart.

Trotzdem freut sich deine
alte, abgedroschene Mutter
über einen Blumenstrauß.

The

Ihr esoterischen Bürgerlein
wollt gerne Paranormale sein.
Ihr tut vom Stein der Weisen schnacken,
wollt des Kosmos Rätsel knacken.
Doch knackt erstmal eine Paranuß!
Das brächte euch ja nur Verdruß.
Ihr schwört auf Brecht und Uri Geller,
doch Nüsse bleiben fern vom Teller.
Ohne Chakren stöhnt und friert ihr,
und vor der Nuß kapituliert ihr.
Die Paranuß - euer Versailler Diktat?
Eure Denke hat *soo* einen Bart,
und euer Stil ist ein beknackter.
Die Paranuß, die hat Charakter.

In der Rush-hour
steht Kassandra
auf einer Verkehrsinsel
und ruft:
»Das Essen ist fertig!«
Es gibt Spreewaldgurken mit Kartoffelsalat.
Aber niemand hört hin.
Das Essen wird kalt.
Es bleibt ungegessen.
Schweigend schmeißt Kassandra
die Pappteller ins Gebüsch
und denkt sich:
Der Kartoffelsalat war ja
sowieso kalt.

Das Licht macht heute hell,
was gestern noch dunkel war
und morgen wieder dunkel sein könnte.
Wir denken an das Licht
und nicht an das Gestern,
das hart war.
Wir denken an das Licht
und nicht an das Morgen,
das vielleicht noch härter sein wird,
mit noch weniger Licht,
als es das Gestern zu haben schien.
Schien!
Schien ist die Vergangenheit von Sonne,
Gott ist die Zukunft vom Mond.

Zweierlei Maß

Daß Senta Berger super ist,
Hannelore Elsner ganz okay
und Uschi Glas furchtbar,
das unterschreibst du
blind mit deinem Wuschelkopf.

Weeßte ooch warum?

Weil's dir deine Gurus
in den Redaktionen von
»konkret«, »spex« und »oxmox«
vorgebetet haben
tausendmal – wie ein Leierkasten!

Meinungsgötzen,
bei denen sich die Haschpilze auf
den Schreibtischen türmen.

»Bei meinen Eltern
haben sich die Haschpilze
auch auf dem Schreibtisch getürmt,
und die sind auch nicht
ins Nadivari verfallen«,
erwiderst du frech.

Dies ist nun also dein Tempel.

Einem gewissen Politiker aus Oggersheim ins Stammbuch

Du ewiger Enkel,
was soll das Geplänkel,
das Gorbi mit Goebbels vergleichen,
Parteinahme stets für die Reichen,
falsches Stellen der politischen Weichen,
das Aussitzen von Problemen und die
Stütze zusammenstreichen?

Zuviel Kohl macht Blähungen, Alter.
Wie fühlt man sich denn so als
Elefant im Porzellanladen Europa?
Alle sollen nach deiner dicken Pfeife
tanzen
in diesem unserem Erdteil
(Kontinent Eurasien-West).
You think, you're simply the best.
Doch dich hat Tina Türner nicht
gemeint.

Aber die Eiserne Lady
wird dir schon noch rechtzeitig einen
Tritt
in deinen Saumagen verabreichen.
Soviel zum Thema Mantel der
Geschichte.

Bitburg, Krakatau, Harrisburg,
Oder-Neiße-Linie abgewürgt,
davor hat dich die Gnade der späten
Geburt
nicht bewahren können in diesem
unserem Lande,
sehr geehrter Herr Dr. Dr. h.c.
Helmut Kohl!

Sleep well in your Bettgestell *

Der Schlaf der Vernunft
bringt Ungeheuer hervor.
Wir kennen sie alle.
Gloablisierung (sic!), Schützenfeststerben,
Atommülltruhe, Friedhofsruhe,
Mobbing, Ölkrise,
im Brot 'ne Plutoniumprise,
Volkszählung etc. pp.!
Außerdem hat man nach dem Schlafen
immer Steinchen im Auge,
und die Haare sind zerwühlt
von der Macht der Visionen.
Der Schlaf hat ein Janusgesicht.
Er erfrischt uns, aber
er ist auch der kleine Bruder
des großen Bruders des Schlafes.
(Siehe »Big Brother« von George Orwell!)
Kaltes Kalkül.
Wir schlafen *zuviel!*

*Jugendslang, keine Erfindung der Denkanstoßgeber

Mensch '88

Aachen, Trier,
kennen wir.

Pokernde Muselmanen
sitzen im Keller,
von unserer Polizei
gottseidank beschützt.
Wie lange hoffentlich noch?

Sie verpokern ja nicht unsere Renten,
sondern nur ein paar rostige Uralt-Drachmen
aus der Atatürk-Zeit.

Heia Safari!
Ghaneen blicken durch die verdreckten
Butzenscheiben, ganz friedlich.
»In Ghana pokert man nicht«,
erklären sie uns später freundlich.
Da müssen wir uns staunend schämen.

Wir laden die Ghanaer auf einen Kirschtee zum Itaker ein.
Hier der Sultan, dort der Kalif, in der Mitte
der höflich nach der Herrentoilette fragende Hottentotte,
von dem wir nur lachend lernen können.

Viele Farben hat der Mensch '88.

88
ЕКАБРЯ
БИРСК

Verkehrtrum gedacht

Du da!
Hey, du da!
Du Kind von Marx und Murx und Coca Cola light,
wie man heut' so sagt zur Zeit!
Du mit dem Baseballmützli,
verkehrtrum aufgesetzt!
Ein Wort unter Freunden:
Du verachtest den »fahrbaren Untersatz«,
sagst, der mordet selt'nes Kraut platt.
Ja meinst du denn, dein Baseballmützli,
verkehrtrum aufgesetzt,
sei gekommen zu uns
wie's Christkind einst
vom Himmel hoch her
mit dem hanfölbetriebenen Lufthansajet?
Und die Substanzen für deine Tattoos
würden vom Raps-Omnibus gebracht?
Wir mögen sie ja, deine Generation.
Aber nachdenken müßt ihr schon.

COCA COLA

Plädoyer für eine Kratzbürste

Fingernägel? Abgefressen.
Geisteszustand? Gottvergessen.
Brille? Voller Gossenpartikel.
Karre? Stahlroß? Gar kein Vehikel!
Verbrannter BH, geschnorrte HB,
»Joan Baez sings Bertha von Suttner«-CD.
Ausgefranste Afro-Krause,
Wurst nicht, Eier, auch Fleisch nicht zuhause.
Verbittert erzeugt sie Pfeifenrauch,
weil das tun die dänischen Frauen auch.
Böse bläst sie in die Zigarre.
Kein Drahtesel, keine Milchprodukte, keine Karre.
Wohnung in Marburg mitten in Hessen.
Fingernägel? Abgefressen.
Die Kratzbürste möchte man nicht grad umarmen.
Sie kann weder flirten noch schäkern noch charmen.
Immerhin meint »die Gute« es ehrlich,
wenn's auch für uns Außenstehende scheint oft beschwerlich.
Man muß sie halt nur mal besoffen machen,
dann sieht man auch sie flugs glucksen und lachen.

Mannequin pis, Wahrzeichen von Paris (Brüssel der Mode)

Mannequin auf dem Catwalk,
sieh doch mal in den Spiegel!
Das bist du:
Tausendmal geliftet, zugepudert,
eine wahrhaft spiegelglatte Oberfläche.

Irgendwann wird dir deine
natürlich ebenfalls geliftete Blase platzen:
Mannequin pis.

Deine alte faltige Mutter
in deinem kleinen hessischen Heimatstädtchen Marburg
freut sich trotzdem über eine
Dose Spekulatius aus Marbella.

Marburg, Marbella,
was für ein Riß!
Mannequin, Mannequin,
Mannequin pis.

Was verlangen die Leute vom Tier?
Gehorsam. Honig. Tod vom Stier.
Gepflügte Äcker, gebrachter Stock.
Eier, Stammbaum, Glaserl Grog.

Was verlangt das Tier von den Leuten?
Nur eine Handvoll Zärtlichkeiten.
Zum Äsen 'nen Napf, Unterschlupf klein,
Freiraum fürs Häufchen soll ebenfalls sein.

Wer verlangt mehr vom andern?
O Leute, o Tier,
ihr hättet euch viel zu erzählen beim Bier,
wenn ihr »Zunge« nicht permanent
mit »Sprache« (Gebell) verwechseltet.

Zweierlei Maß

Gestern rote Fahnen
für die Sandinisten.
Heute rote Grütze
vom Grappa-Spezialisten.

Gestern grüne Debatten.
Heute grüne Krawatten.
Gestern R4 (Auto).
Heute R6 (Leichtzigarette).

Gestern gegen Pinochet
(die Eltern sahen's gar nicht gern).
Heute für Pinocchio
(die Kinder sehen's halt so gern).

Taschengeld? Ein schäbiges Lächeln
erklingt.
Spielplätze? Erneut die schäbige Lache.
Kinderzimmer? Klarer Fall von
»denkste«.
Stattdessen: Mengenlehrestreß,
Bedrohung durch Verrohung,
kaum Kindgerechtes in der »Glotze«.
Die Kleider der Geschwister der Eltern
auftragen müssen,
Kriegsbrotsäcke als Turnhemdchen,
dauernd Gewalt vom besoffenen Vater,
der das ganze Kindergeld für Bier
ausgibt.
Weihnachten gibt's altes Spielzeug von
Urahnen der Großeltern.
Die vitaminreichste Kost ist der eigene
Rotz,
denn mit den von Unicef gespendeten
Kindertaschentüchern
wischt sich der Vater das Sperma von der
Bierwampe,
wenn er's überhaupt mal runterwischt.
Zum Dessert knallt die Mutter statt
Pudding
bloß ein paar panzerglasharte
Schwarzbrotscheiben
auf das Kehrblech, das als Kinderteller
dient.
Statt Pfeffer auf die ohnehin kaum vorhandenen Tomaten
müssen die Kinder die Haarstoppel aus
Vatis Elektrorasierer auf die Tomaten
streuen,
und statt nach der Schule Hausaufgaben
machen,
müssen sie auf Kratzesocken ins benachbarte Bundesland latschen
und dort bei minus 25 Grad im
Schatten Reisig verkaufen.
Am Sonntag heißt's: Matrosenanzug
anziehen,
strammstehen zu Klassik-Radio,
ab in die Kirche.
Zu Weihnachten immerhin schickt
Ute Ohoven einen Computer.
Aber es ist doch gar keine Steckdose
im ohnehin nicht vorhandenen
Kinderzimmer!
The kids are alright?

Ich liebe dich.
Drei Wörter.
Die Wahrheit »liegt«
in der Mitte.

Inhaltsübersicht

MAX GOLDT, geboren 1958 in Göttingen, lebt in Berlin; schrieb neun Jahre lang die Kolumne für das unjournalistische Hochglanzmagazin ›Titanic‹. Zusammen mit Katz veröffentlichte Max Goldt die Comics *Wenn Adoptierte den Tod ins Haus bringen* (Jochen Enterprises, 1997) sowie *Koksen, um die Mäuse zu vergessen* (Jochen Enterprises, 1998). Ein Roman ist nach wie vor nicht geplant. Im Haffmans Verlag erschienen: *Die Radiotrinkerin* (Ausgesuchte Texte, mit einem Vorwort von Robert Gernhardt und einem Nachwort des Autors, 1991) – *Quitten für die Menschen zwischen Emden und Zittau* (›Titanic‹-Kolumnen, 1993) – *Schließ einfach die Augen und stell dir vor, ich wäre Heinz Kluncker* (Ausgesuchte Texte, 1994) – *Die Kugeln in unseren Köpfen* (›Titanic‹-Kolumnen, 1995) – *Ä* (›Titanic‹-Kolumnen, 1997).

GERHARD HENSCHEL, geboren 1962 in Hannover, lebt in Göttingen; schreibt gegen das Kaputtsein an, auf eigene Faust oder im Verbund. Er sucht das Ganze im Halben, das Gerade im Schiefen, das Gesunde im Wunden. Dabei kommt ihm seine Ausbildung zum Rettungssanitäter zustatten. Zuletzt erschienen: *Kulturgeschichte der Mißverständnisse* (zusammen mit Eckhard Henscheid und Brigitte Kronauer, Stuttgart 1997).

Originalausgabe

Texte: Goldt & Henschel
Fotos: Goldt
Umschlag: unter Verwendung eines Fotos von Karin Sonnet
Grafik: Isabel Thalmann, unter Verwendung des Software-Programms QuarkXPress
Schrift: Bembo
Reproduktionen: Tiroler Repro
Druck: Proost, Belgien

ISBN 3 251 00389 5

Max Goldt im Haffmans Verlag

Die Radiotrinkerin
Ausgesuchte schöne Texte. Mit einem Vorwort von Robert Gernhardt und einem Nachwort des Autors

Quitten für die Menschen zwischen Emden und Zittau
›Titanic‹-Kolumnen

Schließ einfach die Augen und stell dir vor, ich wäre Heinz Kluncker
Ausgesuchte Texte

Die Kugeln in unseren Köpfen
›Titanic‹-Kolumnen

Ä
›Titanic‹-Kolumnen

»Wer da nicht merkt, daß seit Julie Schrader und Robert Walser keine so schönen deutschen Sätze mehr geschrieben wurden, dem ist auf Erden nicht zu helfen.«
Willi Winkler/Süddeutsche Zeitung